El regalo de Elías

ARTES
DE MÉXICO

El regalo de Elías
Primera edición, 2015

Edición: Margarita de Orellana
Coordinación editorial: Gabriela Olmos
Corrección editorial: Laura Angélica de la Torre
Formación: Uriel Neri Luna

D. R. © De las ilustraciones: Chubasco, 2015
D. R. © Del texto: Andrea Ruy Sánchez, 2015

D. R. © Artes de México y del Mundo, S.A. de C.V., 2015
          Córdoba 69, Col. Roma,
          C.P. 06700, México, D.F.

ISBN: 978-607-461-191-5

Impreso en México

El regalo de Elías

TEXTO:
Andrea Ruy Sánchez

ILUSTRACIÓN:
Chubasco

Libros del Alba

Elías estaba muy feliz. Había llegado el día de su cumpleaños y sus papás le habían prometido un gran regalo. Estaba ansioso por descubrir qué era.

Cuando vio el tamaño de su regalo, el corazón le latió muy fuerte. Hasta se le abrió la boca de la emoción. ¡Era enorme! No pudo aguantar las ganas y lo desenvolvió a la velocidad de la luz. Adentro de una caja de cartón descubrió un robot que hablaba.

¡Era justo lo que quería! Jugó con el robot un rato, pero la diversión se esfumó muy pronto. Su nuevo amigo siempre repetía la misma frase: "Hola, soy un robot que habla y quiero ser tu amigo". ¿No le cabían más palabras en la cabeza?

La caja de donde había salido el robot atrapó su atención. Cuando Elías la tomó, comenzaron las verdaderas aventuras.

Se metió en la caja y ésta se convirtió en un coche todo terreno que lo llevó por un safari, donde jugó con muchos animales.

Nadó con un hipopótamo muy grande y pesado, y hasta jugó con una cebra a adivinar cuántas rayas blancas y negras tenía.

Dio una voltereta,
y de pronto la caja
se transformó
en un barco en
el que Elías
navegó hasta
islas desconocidas.

Poco a poco, el barco se sumergió en el agua y, como un submarino, llegó a las profundidades más oscuras. Cruzó el océano entre pulpos con ocho brazos, medusas que brillaban en la oscuridad y muchos peces.

Sin que Elías se diera cuenta, la caja salió de las profundidades y se elevó por los aires. Voló sobre enormes ciudades, a la altura de los edificios más grandes del mundo, y saludó a las personas que vio a través de las ventanas de los últimos pisos.

Un globo se infló
por encima de su
cabeza y de
su caja. Lo llevó
flotando a descubrir
las cimas de
incontables
montañas
que la niebla
escondía.

Voló tan alto que Elías dio vueltas alrededor de la Tierra en su cohete espacial. Hasta que, de pronto, escuchó un ruido muy fuerte. Era su panza, ¡tenía mucha hambre!

Decidió dejar sus aventuras por un rato para regresar a comer con sus papás. Y los abrazó muy fuerte. Ese día había conocido muchos lugares gracias a su caja maravillosa.

El regalo de Elías

Para su formación se utilizó
la tipografía Myriad Pro, diseñada por
Robert Slimbach y Carol Twombly en 1992.

•

Se terminó de imprimir y encuadernar en el mes de
junio de 2015 en los talleres de Industrias Misangi,
S.A. de C.V., Playa Erendira 8, colonia Santiago Sur,
México, 08800 D.F.

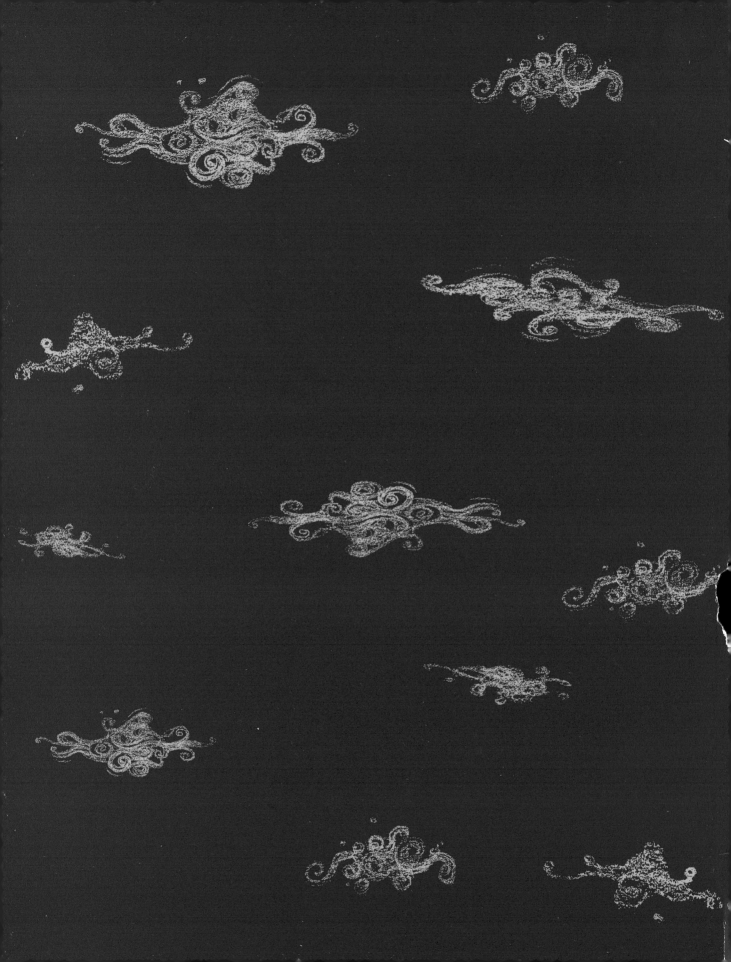